COLLECTION

MARIUS BERNARD

DE

MARSEILLE

DÉCEMBRE 1912

COLLECTION

MARIUS BERNARD

DE MARSEILLE

CATALOGUE

DES

Faïences et Porcelaines

ANCIENNES

FRANÇAISES ET ÉTRANGÈRES

COMPOSANT LA COLLECTION

MARIUS BERNARD

DE MARSEILLE

DONT LA PREMIÈRE VENTE AURA LIEU A PARIS

HOTEL DROUOT, SALLE N° 1

LES LUNDI 9 & MARDI 10 DÉCEMBRE 1912

a deux heures

COMMISSAIRE-PRISEUR
Me ROBERT BIGNON
41, rue de la Victoire

EXPERT
M. CAILLOT
52, rue de la Victoire

EXPOSITIONS

PARTICULIÈRE
Le Samedi 7 Décembre 1912

PUBLIQUE
Le Dimanche 8 Décembre 1912

DE DEUX HEURES A SIX HEURES

CONDITIONS DE LA VENTE

Elle sera faite au comptant.

Les adjudicataires paieront *dix pour cent* en sus des enchères.

L'exposition mettant le public à même de se rendre compte de l'état et de la nature des objets, il ne sera admis aucune réclamation une fois l'adjudication prononcée.

Paris. — Imp. de l'Art, Ch. Berger, 41, rue de la Victoire.

ORDRE DES VACATIONS

Le Lundi 9 Décembre 1912

Faïences de Marseille :	Saint-Jean-du-Désert	1 à 9
—	Fauchier	10 à 13
—	Le Roy	14 à 19
—	Robert (Partie)	20 à 37
—	Veuve Perrin (Partie)	55 à 64
—	Savy	74 et 75
—	Bonnefoi	76 à 78
Faïences de Moustiers (Partie)		79 à 108
Faïences étrangères		171 à 193

Le Mardi 10 Décembre 1912

Faïences de Marseille :	Robert (Fin)	38 à 54
—	Veuve Perrin (Fin)	65 à 73
Faïences de Moustiers (Fin)		109 à 133
Faïences Françaises diverses		134 à 170
Porcelaines de Marseille		194 à 210
—	étrangères	211 à 214

DÉSIGNATION

ANCIENNES
FAIENCES DE MARSEILLE

FABRIQUE DE SAINT-JEAN-DU-DÉSERT

1 — **Grand plat** à bord dentelé et gaufré à reliefs, décor camaïeu bleu. Au fond, grand médaillon représentant une *Chasse au cerf*.

Diam., 50 cent.

2 — **Grand plat** à bord dentelé et gaufré, à reliefs avec compartiments rechampis de bleu et de manganèse. Les compartiments se raccordant à un médaillon central sont décorés de paysages ; ce médaillon, bordé d'oves, représente une *Paysanne au repos*.

Diam., 50 cent.

(*Exposition Art Provençal, N° 185.*)

3 — **Grand plat** à marli décoré d'ornements et de réserves avec personnages et paysage en camaïeu bleu chatironné de manganèse. Le fond est entièrement décoré en polychromie de bleu, jaune, vert et manganèse par un sujet représentant *Hercule combattant l'hydre de Lerne.* Cette pièce est signée au revers : *Fay. A. St-Jean du Désert Viry.*

Très belle pièce.

Diam., 55 cent.

(*Exposition Art Provençal, N° 183.*)

4 — **Grand bassin**, de forme ovale, sur quatre pieds-griffes de lion. Deux têtes de lions servent d'anses. Décor camaïeu bleu. Le pourtour est décoré de lambrequins à dentelles. Dans le fond du bassin, un grand tableau : *Céphale* assis sur son char, traîné par des coursiers fringants, s'efforce de résister à l'étreinte passionnée de l'*Aurore,* coiffée à la grecque avec des perles dans les cheveux. La *Nuit* est sous les traits d'un vieillard étendu sur le sol et piétiné par les chevaux. Au-dessus de ceux-ci, vole un amour. Au-dessous, l'inscription : *Céphale et l'Aurore.*

Long., 61 cent.; larg., 41 cent.; haut., 21 cent.

(*Vente Arnavon, Marseille, 1902.*)

5 — **Assiette** à bord festonné. Tout le fond occupé par un sujet à camaïeu bleu représentant l'*Enlèvement d'Europe.* Sur le marli, fleurs et ornements en camaïeu jaune.

(*Vente Arnavon, Marseille, 1902.*)

6 — **Fontaine**, en forme d'urne, sur piédouche, avec couvercle et bassin, décor camaïeu bleu composé de riches ornements Louis XIV, de lambrequins, griffes de lion et oiseaux. Sur les côtés, deux mascarons en ronde-bosse tiennent des anneaux. A la base, un autre mascaron sert pour le robinet. Le bassin de forme ovale sur quatre pieds griffes de lion. Le pourtour est décoré de lambrequins à dentelles. Dans le fond, *Chasse au cerf*, d'après TEMPESTA.

Haut. de la fontaine, 60 cent.

Larg. du bassin, 40 cent.; haut., 23 cent.

7 — **Paire de grandes potiches**, de forme renflée, sur piédouches. Décor bleu et manganèse. Sur chaque panse, deux médaillons renfermant un sujet mythologique emprunté à une composition de FRANZ FLORIS, représentant sur une des pièces : *Hercule vainqueur de Diomède le donnant en pâture à ses chevaux ;* et sur l'autre : *Hercule terrassant l'hydre de Lerne*. Sur l'autre face de ces potiches : sujet champêtre avec personnages vêtus à l'antique. Les médaillons sont séparés par des ornements avec imbrications. Les piédouches et les couvercles sont décorés d'ornements dans le goût japonais.

Haut., 60 cent.

Ces pièces de la plus belle qualité de cette fabrique sont excessivement rares et d'une conservation parfaite ; elles ont fait partie de la *Collection Davillier*.

8 — **Buire**, en forme de casque renversé, sur piédouche, décorée d'ornements en camaïeu bleu chatironné de manganèse. De chaque côté, paysage avec personnage.

Haut., 25 cent.

(*Exposition Art Provençal, N° 189*.)

9 — **Garniture de trois pièces**, composée d'une **Grande Potiche** de forme renflée avec couvercle et deux **Cornets** évasés à la partie supérieure, décorés de beaux ornements Louis XIV en camaïeu bleu.

Haut. de la potiche, 50 cent.; haut. des cornets, 40 cent.

FABRIQUE DE FAUCHIER

10 — **Vierge et l'Enfant Jésus.** Groupe sur piédestal octogone reposant sur des griffes. Époque Louis XIV. Très belle pièce décorée en polychrome avec un superbe émail. Le manteau admirablement drapé est couvert de bouquets de fleurs, tandis que la robe est relevée de bleu et de jaune. La Vierge a sur la tête un voile décoré comme le manteau. Sur le devant du piédestal, dans un cartouche, médaillon destiné à recevoir des reliques.

Haut., 80 cent.

Très belle pièce ayant figuré à l'*Exposition de l'Art Provençal*, sous le n° 214.

11 — **Écuelle** à ailettes et son présentoir, décor polychrome de fleurs sur fond jaune. Sur le couvercle, branche et fruit en relief.

12 — **Aiguière** de forme rocaille et son bassin, décor polychrome de bouquets de fleurs sur fond jaune.

(*Art Provençal, N° 231.*)

13 — **Plat oblong** à bord contourné. Au centre, dans un médaillon, réservé en blanc et entouré de fleurs polychromes, les attributs maçonniques. Sur le marli, dans quatre petits médaillons entourés de fleurs, le compas, le marteau, l'équerre, etc., le tout sur fond jaune.

Pièce rare.

Long., 31 cent.

FABRIQUE DE LE ROY

14 — **Plat octogone**, décor camaïeu bleu ; au centre, bouquet de fleurs entouré d'une décoration *Bérain,* personnages, animaux et ornements divers.

Long., 36 cent.

15 — **Deux bouquetiers-appliques**, décor polychrome de personnages, fleurs, insectes et oiseaux.

(Collection Nicolas descendant de Le Roy.)

16 — **Assiette**, décor camaïeu bleu; au centre, dans un médaillon, monogramme de Le Roy; tout autour trois médaillons réservés en blanc : dans l'un, armoirie à double écusson, dans les deux autres des personnages dans un décor Bérain ; entre chaque médaillon dans un quadrillé, des bustes de femmes. Sur le bord court une fine dentelle.

Pièce unique.

(Collection Nicolas descendant de Le Roy.)

2

17 — **Assiette**, décor camaïeu bleu. Au centre, *portrait d'homme*, large dentelle sur le marli.

Pièce rare.

(*Art Provençal*, N° 21.)

18 — **Assiette**, décor camaïeu bleu. Au centre, *portrait de femme ;* large dentelle sur le marli. Pendant du numéro précédent.

Pièce rare.

(*Art Provençal*, N° 22.)

19 — **Assiette**, à devise dite *à la Camargo*. Décor camaïeu bleu. Le fond entouré d'une bordure de bâtons rompus représente une *danseuse en costume Louis XV*, debout sur un piédestal, tenant un perroquet d'une main et de l'autre une bannière avec cette inscription : *Un peu d'allure me sied bien ;* au-dessous du piédestal, ces vers :

Ayons le verre plein m. c.
Pour boire à la ronde
Aux beaux yeux de catin
Que l'écho nous réponde
Voilà mon cousin l'allure
M. c. l'allure, m. c. l'allure.

Deux musiciens, jouant l'un du violoncelle, l'autre de la flûte, accompagnent la danse. Sur le marli, une inscription joyeuse : *Heureux celui qui chemine sur la terre et non sur l'eau, il fait voguer son vaisseau par le vent de la cuisine, et l'embarquement est divin quand on vogue avec catin.*

Pièce très rare.

Diam., 23 cent.

FABRIQUE DE ROBERT

20 — **Grand plat ovale** à bord contourné, filet carminé, décor polychrome de bouquets de fleurs, papillon et insectes, couvrant le fond et le marli.

Très belle pièce.

Long., 52 cent.

21 — **Assiette** à bord festonné, filet jaune, décor polychrome de fleurs et insectes empiétant sur le marli.

22 — **Quatre couteaux**, lames acier, manches faïence, décor polychrome de fleurs, rehaussés d'or. (Seront divisés.)

23 — **Assiette** à bord festonné, relevé par une dentelle dorée, décor polychrome d'insectes et bouquets de fleurs empiétant sur le marli.

24 — **Jardinière d'applique**, de forme ventrue, s'évasant vers le haut, sur trois pieds peignés de carmin ; couvercle repercé à jour surmonté d'une fleur en relief décorée au naturel; sur la panse, fins bouquets de fleurs en polychrome.

Haut., 25 cent.; larg., 25 cent.

25 — **Pot à pommade** et son couvercle, une fine dentelle dorée orne les bords, décor polychrome de fleurs; sur le couvercle, fleurs et feuilles en relief décorées au naturel. Décor polychrome très fin de bouquets de fleurs et insectes.

26 — **Porte-huilier**, de forme ovale ajouré, décor polychrome rocailles avec rehauts d'or et bouquets de fleurs. Sur le devant, dans un médaillon réservé, blason entouré d'un manteau d'hermine ; sur l'autre face, dans un médaillon, bouquet de fleurs.

27 — **Porte-montre**, de forme Louis XV bombée, sur trois pieds rocaille peignés de carmin ainsi que le tour du cadran ; cette pièce surmontée d'une figurine symbolisant *Le Temps* est ornée en polychrome de bouquets de fleurs et d'insectes.

Haut., 40 cent.

(*Collection Raibaud.*)

28 — **Corbeille**, de forme ovale ajourée, à entrecroisements ornés de semis de fleurs sur les deux faces ; dans le fond, décor polychrome de bouquets de fleurs et insectes.

Long., 30 cent.; larg., 20 cent.

29 — **Glacière**, de forme renflée, sur trois pieds, anses formées de branches tordues avec feuilles et fruits et peignées de carmin. Le couvercle à bord surélevé est surmonté d'une poignée rocaille. Les deux faces ont un très beau décor polychrome de bouquets de fleurs.

Très jolie pièce.

Haut., 25 cent.; diam., 20 cent.

30 — **Pot à bière**, formant tonnelet à anse ; sur les deux faces, médaillon avec bouquet de fleurs polychrome entouré d'un cadre rocaille jaune, le tout sur fond bleu. A l'intérieur, le pot est émaillé en jaune. Signé : *R. X.*

31 — **Assiette** à bord contourné, filet jaune, décor polychrome ; au fond, papillon, pèche, figue et cerises.

32 — **Assiette** à bord festonné, relevé d'un ornement vert, décor polychrome, insectes, fleurs et coquillages empiétant sur le marli.

33 — **Grand plat rond** à bord contourné, décor camaïeu vert, insectes, fleurs, poissons et coquillages empiétant sur le marli.

Diam., 37 cent.

34 — **Paire de cache-pots,** de forme renflée, sur quatre pieds. Le fond est marbré rouge. Au centre, sur chaque face, médaillon entouré d'une guirlande de bouquets de roses, genre Sèvres. Au milieu de ces médaillons, se trouve un groupe de poissons et de coquillages très finement peints. Les pieds et les anses rocaille sont émaillés vert d'eau.

Pièces très rares.

Haut., 20 cent.

35 — **Plat rond** à bord festonné que suit un large ruban gris-vert au milieu duquel sont jetés des ornements en forme de fleur de lys. Décor imitant la porcelaine de l'Extrême-Orient. Au bas, empiétant sur le marli, un grand bouquet de fleurs roses et jaunes; du centre émerge une longue tige portant un chrysanthème violet; des fleurs et feuillages entourent ce bouquet. En haut de chaque côté, deux bouquets de fleurs jetées moitié sur le marli, moitié sur le fond du plat.

Diam., 37 cent.

36 — **Soupière ovale et son présentoir.** La décoration polychrome consiste en oiseaux divers sur branchages; le couvercle est surmonté de deux fleurs en relief, décorées au naturel.

Haut., 26 cent.; long., 37 cent.

37 — **Assiette** à bord festonné, décor polychrome; sur le marli, branches de fleurs; au centre, dans un médaillon rocaille, scène de naufrage.

1300

38 — **Verrière**, de forme ovale, à bord échancré fileté de jaune, anses rocailles peignées de carmin; décoration polychrome; sur une face, paysage avec animaux; sur l'autre, paysage avec volatiles.

Haut., 12 cent.; long., 30 cent.

200 / 750

39 — **Assiette** à bord ondulé, légère dentelle dorée et guirlandes de fleurs sur le marli; au centre, paysage et personnages, décor camaïeu vert.

800 / 700 Arts décoratifs

40 — **Sucrier**, de forme ovale, sur quatre pieds adhérents au plateau, avec sa cuillère repercée à jour. Sur le couvercle, rose en relief; sur chaque face dans des médaillons ovales, paysages et personnages avec encadrements d'ornements carminés; sur le couvercle et le présentoir, petits médaillons. égrenure

800 / 580

41 — **Assiette** à bord festonné et doré, décor polychrome. Au centre, dans un paysage, deux personnages dansent accompagnés par un joueur de biniou.

600 / 580

42 — **Assiette** à bord festonné et côtelé avec dentelle dorée, décor polychrome; un paysage, avec monuments, statue, fontaine et personnages, occupe tout le fond.

1500 / 1090

43 — **Assiette**, dite au décor de *Saxe*, à bord festonné avec dentelle dorée. Au centre, dans un médaillon entouré d'une guirlande dorée, paysage et personnage en polychromie. Bouquets de fleurs sur le marli.

Très belle assiette.

52 Assiette Moustiers

110 2 assiettes plates

105 2 assiettes

44 — **Deux verrières**, de forme ovale, à bord échancré avec dentelle dorée, anses rocailles rehaussées de dorures. Sur les deux faces, grands paysages représentant des scènes champêtres avec personnages. 3720 Ben Simon

45 — **Deux glacières** à bord doré, de forme contournée, sur trois pieds avec anses formées de branches tordues. Le couvercle à bord godronné surélevé est surmonté d'une élégante poignée rocaille formant ganse peignée de carmin. Les deux faces sont décorées de grands paysages animés représentant : l'un, un homme et une femme se livrant aux travaux de la campagne ; l'autre, trois personnages auprès d'un puits. Sur l'autre glacière, les paysages représentent : l'un, deux femmes portant des corbeilles : l'autre, un berger appuyé sur un bâton devant une bergère assise, tenant une quenouille. 6000 / 5500

Pièces très finement décorées en polychromie.

Haut., 25 cent.

46 — **Écuelle** à ailettes ajourées et son présentoir. Le couvercle est entièrement décoré en polychromie d'un paysage maritime, avec personnages et animaux; il est surmonté d'une branche avec fleurs en relief décorées au naturel. De chaque côté du bol se trouve un paysage maritime avec personnages. Le présentoir, à bord ondulé et doré, est orné de fleurs ; le fond représente un paysage avec rivière et personnages. 2650

Très jolie pièce.

(*Exposition de l'Art Provençal, N° 246.*)

47 — **Corbeille ajourée**, de forme ovale, à entrecroisements et décorée sur le bord d'une fine dentelle dorée. Tout le fond est occupé par un paysage maritime représentant des pêcheurs au repos préparant leur repas. 1500

Long., 28 cent.; larg., 23 cent.

une assiette Marseille 210

une autre, égrénure, 165

48 — **Corbeille ajourée**, pendant de la précédente. Le paysage de celle-ci représente une femme et un enfant assis au pied d'un arbre.

Long., 28 cent.; larg., 23 cent.

49 — **Deux petits cache-pots** à bord déversé et chantourné, rehaussé d'ornements dorés et verts d'une extrême finesse, avec anses formées de branches de poirier aux extrémités desquelles pendent des fruits et des feuilles. Décoration polychrome de médaillons à sujets champêtres encadrés par des branches dorées.

Haut., 15 cent.

(*Très jolies pièces* provenant de la *Collection Arnaud de Lodève* et ayant figuré à *l'Exposition de l'Art Provençal, N° 266.*)

50 — **Assiette** à bord festonné, filet jaune, décor polychrome. Au fond, grand médaillon représentant un paysage maritime avec deux personnages. Sur le marli, fleurs, attributs, houlette, quenouilles, flèches, etc.

51 — **Soupière et son présentoir**, de forme Louis XV, à anses rocailles filetées de carmin, sur quatre pieds. Le couvercle, surmonté d'une branche avec feuilles, liseron et poisson, est divisé en quatre compartiments séparés par des reliefs rocaille relevés de carmin et décorés de paysages animés. Sur les deux faces de la soupière, des motifs représentant des instruments aratoires et attributs divers. Le présentoir, à bord ondulé, a tout le fond occupé par un paysage maritime, avec personnages. Sur le marli, sont représentés des dards, gourdes, houlettes, etc.

Très bel ensemble.

Haut., 26 cent.; long., 39 cent.

52 — **Compotier** à bord contourné, fileté de jaune, décor polychrome. Dans le fond, médaillon avec guirlandes carminées entourant un paysage maritime avec deux personnages; sur le bord, branches de fleurs, houlettes, harpons, etc.

53 — **Assiette** dite *à la flèche*, à bord chantourné, filet jaune. Tout le fond occupé par un paysage genre *Teniers;* maison, rivière et deux personnages, dont un assis. Sur le marli, bouquets de fleurs et flèches.

Pièce très fine.

54 — **Plat rond**, dit *à la flèche*, à bord contourné et doré; le marli est décoré de bouquets de roses et fleurs champêtres, avec des dards enlacés. Tout le fond est occupé par un paysage maritime avec personnages dans le goût de *Watteau :* seigneur, dame, dansant ; abbé de cour et personnages divers représentant un goûter au bord de l'eau.

Très belle pièce.

Diam., 33 cent.

FABRIQUE DE VEUVE PERRIN

55 — **Assiette** à bord festonné, peigné de carmin, décor polychrome; insectes et fleurs empiétant sur le marli.

56 — **Petit pot** à bec et à anse, cette dernière est formée par une branche. Le couvercle est surmonté d'un fruit en relief décoré au naturel. La décoration polychrome consiste en bouquets de fleurs.

57 — **Encrier**, de forme ronde, à anse, couvercle et étuis pour porte-plumes. bord festonné ; la panse et le couvercle sont garnis par une décoration polychrome de bouquets de fleurs.

Pièce rare.

58 — **Sucrier à poudre**, de forme Louis XV, sur pieds adhérents au plateau avec anses. Le couvercle est surmonté d'une rose et de feuilles en relief. Décoration polychrome très douce de fins bouquets de fleurs, grand papillon et insectes, relevée de dorure sur les bords. Un blason entouré d'un manteau d'hermine surmonté d'une couronne ducale orne le couvercle.

Très jolie pièce ayant figuré à *l'Exposition de l'Art Provençal, N° 324.*

59 — **Assiette** à bord ondulé, marli ajouré, décor camaïeu vert. Le marli et le fond sont recouverts de bouquets de fleurs très finement peints. Signée : *Veuve Perrin.*

(Collection Nodet, N° 293.)

60 — **Assiette** à bord ondulé, marli ajouré, décor polychrome. Le marli et le fond sont couverts de bouquets de fleurs très finement peints. Signée : *Veuve Perrin.*

61 — **Assiette** à bord festonné peigné de vert. Au centre, armoirie polychrome rehaussée d'or.

62 — **Assiette** à bord contourné, décor camaïeu rose, rinceau de fleurs couvrant le marli. Dans le fond, tronc d'arbre, branches et fleurs camaïeu rose rehaussé de jaune, décor style oriental.

Pièce très rare, signée : *Veuve Perrin.*

63 — **Assiette** à bord contourné, décor polychrome en plein de bouquets de fleurs sur fond jaune.

Signée : *Veuve Perrin.*

64 — **Assiette** à bord contourné, décor polychrome ; au centre, fleurs, insectes et rehauts d'or, bouquets de fleurs, et grands nœuds de rubans sur le marli. Le tout sur fond vert d'eau.

Pièce très rare, signée : *Veuve Perrin.*

65 — **Porte-huilier**, de forme orfévrerie Louis XV, ajouré et rocailles. Cette pièce, très curieuse, est recouverte d'un émail vert d'eau décoré de fleurettes et de roses polychromes rehaussées de dorure.

Pièce très rare, signée : *Veuve Perrin.*

(*Vente Nodet, N° 198. — Art Provençal, N° 339.*)

66 — **Assiette**, dite Franc-maçonnique, à bord contourné. Au centre, dans un médaillon avec encadrement de roses et de branches vertes, *le temple et les attributs maçonniques ;* au-dessous, inscription hébraïque. Sur le marli, trois médaillons réservés en blanc encadrés de guirlandes de fleurs contiennent des attributs maçonniques. Le tout sur fond jaune.

Pièce très rare, signée : *Veuve Perrin.*

(*Collection Nodet. N° 291.*)

67 — **Assiette** à bord contourné peigné de vert, décor polychrome. Dans un paysage, chasseur tirant de l'arc, branches de fleurs dans le fond et sur le marli.

68 — **Sucrier** ovale, de forme Louis XV, avec cuillère et son plateau ; les anses sont formées par des coquillages. Le couvercle est surmonté de poissons et coquillages en relief décorés au naturel. Décor polychrome de fins bouquets de fleurs.

(*Exposition de l'Art Provençal, N° 327.*)

69 — **Légumier ovale** à deux anses sur quatre pieds. Décor polychrome. Sur chaque face, un groupe de poissons et coquillages, entre eux des branchages. Sur le couvercle, branches et fruits en relief, décorés au naturel, deux groupes de poissons et coquillages très finement peints.

Haut., 35 cent.; long., 18 cent.

70 — **Assiette,** dite *à la Bergerie*, à bord festonné, filet jaune, décor polychrome. Au centre, chèvres et sur le marli, guirlandes de fleurs.

71 — **Bouquetier d'applique**, de forme trilobée, sur trois pieds. Décor polychrome de fleurs entourées de feuillages : au centre, paysage maritime en camaïeu rose.

72 — **Plateau rectangulaire**, avec deux côtés en demi-lune. Au centre, paysage avec personnages en camaïeu vert; sur les bords, fleurs et draperies décor polychrome.

Long., 34 cent.; larg., 23 cent

73 — **Aiguière** et son **bassin** de forme Louis XV. Décor polychrome de bouquets de fleurs encadrant un paysage, avec quatre personnages chinois d'après Leprince. Le bassin, de forme ovale, a tout le fond occupé par un paysage avec personnages. Les bords extérieurs et intérieurs sont garnis de bouquets de fleurs.

Haut., 20 cent.; long., 35 cent., larg., 25 cent.

FABRIQUE DE SAVY

74 — **Sucrier couvert**, de forme cylindrique, et son dessous fileté brun, décor de fleurs en camaïeu vert rehaussé de noir ; fleur en relief sur le couvercle.

75 — **Coupe**, formée d'un vase ovale à rocailles en relief, peigné de vert et de carmin, reposant sur une base de rochers. Autour du pied s'enroule un dragon, la gueule ouverte. Décor polychrome.

Pièce rare.

Haut., 24 cent.

FABRIQUE DE BONNEFOI

76 — **Assiette**, dite *à poissons*, à bord festonné peigné de vert. Décor polychrome; au fond, poissons et coquillages.

Très bel émail.

77 — **Assiette**, dite *à poissons*, à bord festonné peigné de vert, décor polychrome; au fond, poissons, coquillages et plantes marines.

78 — **Plat ovale** à bord ondulé, orné d'une guirlande dorée. Tout le fond occupé par un paysage maritime représentant des *pêcheurs mettant leur barque à flot.* Le médaillon est entouré d'une dentelle dorée.

Pièce très rare.

Long., 46 cent.

ANCIENNES

FAIENCES DE MOUSTIERS

79 — **Grand plat**, dit *de chasse*, décor camaïeu bleu. Le marli est décoré de grands ornements, avec sept réserves intercalées où se trouvent de très beaux mascarons. Le tableau, d'après Tempesta, représente une *Chasse aux lions*, avec de nombreux cavaliers; autour du sujet, qui occupe tout le fond, un encadrement de dentelle.

Diam., 52 cent.

80 — **Grand plat**, dit *de chasse*, décor camaïeu bleu. Le sujet, d'après Tempesta, représente une *Chasse au sanglier;* des cavaliers le piquent de leur lance. Autour du sujet, un encadrement avec cartouches sur les deux côtés et au bas. En haut, une tête empanachée de plumes; riches lambrequins sur le marli.

Diam., 57 cent.

Beau spécimen. — Collection de Remoules, descendant des Clérissy.

81 — **Grand plat ovale**, décor camaïeu bleu. Sur le marli, court une large et fine dentelle ornée de mascarons. Le sujet, occupant tout le fond, représente une *Chasse au tigre*, d'après Tempesta, très vigoureusement peinte. Autour du sujet, un encadrement de dentelle.

Grand diam., 57 cent.

(*Exposition de l'Art Provençal, N° 10.*)

82 — **Assiette**, dite *de chasse*, décor camaïeu bleu. Sur le marli, court une fine dentelle ; au fond, une *Chasse au cerf*, entourée d'une bordure d'oves.

Rare.

83 — **Bas-relief** en ronde bosse, représentant le buste de *Néron*, vu de face, dans un médaillon rond avec bordure en relief camaïeu bleu formant cadre.

Rare.

Diam., 46 cent.

84 — **Bas-relief** en ronde bosse, pendant du numéro précédent, représentant l'effigie de *Claudius* de profil.

Rare.

Diam., 46 cent.

85 — **Plateau-piédouche**, de forme ronde, décor camaïeu bleu. Tout le fond est occupé par un médaillon représentant *Hercule armé de sa massue*. Tout autour du médaillon et sur le marli, fine dentelle, guirlandes et rinceaux.

86 — **Grand plat ovale**, décor camaïeu bleu ; sur le marli, une superbe bordure composée d'ornements style rouennais. Le sujet occupant tout le fond, dans un encadrement d'oves, représente dans un paysage avec animaux et personnages : *Le bon Samaritain secourant un vieillard*. Au-dessous, une inscription : *Le charitable Samaritain*.

Grand diam., 57 cent.

87 — **Grand plat ovale** à bord godronné, décor camaïeu bleu. Tout le fond est occupé par une scène du *Malade imaginaire*, représentée par des singes. Fine dentelle sur le marli.

Long., 60 cent.

88 — **Grande buire**, en forme de casque renversé sur piédouche, décor camaïeu bleu d'ornements Louis XIV ; sous le bec, mascaron en relief et, sur la panse, une armoirie.

Rare.

Haut., 28 cent.

89 — **Tonnelet** à liqueurs, reposant sur deux socles, décor bleu à riches et grands ornements de style rouennais sur la panse et sur les deux faces. Mascaron pour le robinet. Bouchon argent.

Long., 35 cent.; haut., 23 cent.

90 — **Tonnelet** à liqueurs, même description que le numéro précédent.

Long., 35 cent.; haut., 23 cent.

91 — **Grand plat ovale** à bord perlé en relief. Décor camaïeu bleu. Le marli est orné d'une large dentelle. Cette pièce est entièrement décorée par un sujet représentant les *ballets de Versailles*. Sur une terrasse de château, entre deux portiques de colonnes sur lesquelles sont adossés des personnages, une princesse entourée de ses suivantes se repose ; derrière, tout au fond, un château. Les armes de France soutenues par des amours et les arabesques du portique sont placées au-dessus.

Long., 60 cent.

(*Exposition Art Provençal, N° 38.*)

92 — **Grand plat ovale** à bord perlé à relief et décoré sur le marli d'une dentelle. Le fond est entièrement couvert d'arabesques *Bérain*. Au centre, se trouve un blason surmonté d'une couronne de duc ; dans le haut, de chaque côté, sous des lambrequins se trouvent deux portraits en médaillons au-dessous desquels sont placées deux figures allégoriques guerrières, l'une porte la date de *1719*.

Long., 60 cent.

(*Exposition de l'Art Provençal, N° 38.*)

93 — **Grand plat ovale**, décor camaïeu bleu. Sur le marli, une large dentelle. Tout le fond est occupé par un médaillon dans lequel se trouve un sujet représentant *Orphée charmant les animaux*. Autour du sujet, un encadrement de décor *Bérain*, avec amours, chimères, animaux, etc.

Long., 63 cent.

94 — **Coffret dit de Mariage**, de forme rectangulaire, avec couvercle bombé. Un fin décor en camaïeu bleu le recouvre complètement. Sur la face, le blason de la personne à qui il a été offert; ce blason est surmonté d'un casque à cimier et accoté de chimères, guirlandes, etc. ; sur les trois autres côtés et aux angles, médaillons avec têtes; vases de fleurs et guirlandes. Sur le couvercle, grand motif représentant une scène d'hiver : *Un vieillard et des enfants se chauffent autour d'un feu*. Ce sujet est entouré d'un encadrement Louis XV à rocailles avec brûle-parfums dans le haut; tout autour, têtes, corbeilles, vases et guirlandes de fleurs. Armoiries : *de Carmejane de Pierredon*.

Pièce unique.

Haut., 15 cent.; long., 30 cent.; larg., 24 cent.

95 — **Bannette**, de forme rectangulaire, à anses tressées. Tout le fond garni par un fin décor camaïeu bleu, d'après *Bérain*, chimères, lambrequins, animaux, mascarons, etc. Dentelle courant sur le bord.

96 — **Bannette**, de forme rectangulaire, même description que le numéro précédent.

97 — **Sucrière**, forme balustre, avec dôme ajouré se vissant. Très fin décor polychrome genre *Bérain*, cariatides et dentelles.

4

98 — **Assiette** à bord ondulé. Décor polychrome. Sur le marli, riches ornements rocailles et fleurs. Au centre et occupant tout le fond, dans un cartouche rocailles et fleurs, se trouve un très fin paysage en camaïeu jaune, représentant un seigneur et une dame faisant en voiture une promenade champêtre.

Très jolie pièce.

99 — **Plat rond** à bord festonné, décor polychrome. Sur le marli, beaux ornements rocailles à fleurs ; un paysage en camaïeu jaune très finement peint représente un *épisode de la Vie de Don Quichotte*, couvre le fond.

Pièce très rare, signée : C.

Diam., 36 cent.

(*Vente Nodet, N° 94.*)

100 — **Assiette** à bord contourné. Tout le fond est occupé par un motif en polychromie, représentant *Jupiter en pasteur*. Sur le marli, fine dentelle en camaïeu bleu.

101 — **Assiette** à bord contourné. Le fond est couvert d'un fin paysage maritime avec personnages, en camaïeu bleu rehaussé de manganèse. Sur le marli, dentelle camaïeu bleu.

Très rare.

102 — **Aiguière** et son **bassin**. Décor polychrome de médaillons, guirlandes et bouquets de fleurs. Sur la panse de l'aiguière est placé un cartouche surmonté de singes avec retombées de guirlandes ; il encadre un sujet allégorique. Le bassin à bord déversé et godronné, décoré de guirlandes, est orné au centre d'un médaillon représentant *Diane chasseresse et ses nymphes*. L'entourage très remarquable est formé par un entrelac de petits amours et guirlandes de fleurs. Monogramme d'*Olérys*.

Aiguière : haut., 22 cent.
Bassin : long., 36 cent.; larg., 23 cent.

(*Exposition de l'Art Provençal, N° 72.*)

103 — **Boîte à poudre**, de forme ronde, à couvercle bombé. Décor polychrome. Au pourtour, guirlandes et fleurs; sur le couvercle, grand médaillon contenant une jolie composition : *Hercule et le lion de Némée*. Sur le bord, entourant le médaillon, rinceaux de fleurs et feuillages.

Diam., 13 cent.; haut., 8 cent.

(*Exposition de l'Art Provençal, N° 82.*)

104 — **Assiette** à bord contourné. Décor polychrome. Au fond, grand médaillon rocaille, avec mascaron à la partie inférieure contenant un sujet mythologique : *Jason enlevant la toison d'or*. Le marli est couvert de guirlandes et fleurons.

Belle assiette.

(*Exposition de l'Art Provençal, N° 93.*)

105 — **Deux petits pots**, de forme cylindrique, évasés à la partie supérieure avec échancrure; mascarons en relief sur les côtés. Décor polychrome. Une fine dentelle de lambrequins court sur le haut de la pièce; la base est aussi décorée de dentelles. Sur la face, un blason surmonté d'une couronne de marquis. Monogramme d'*Olérys*.

(*Exposition de l'Art Provençal, N° 120.*)

106 — **Boîte à poudre**, de forme cylindrique, à moulures et couvercle bombé. Le couvercle est décoré, en polychrome, d'un médaillon avec sujet mythologique. La boîte est entourée de guirlandes et semis de fleurs. Monogrammes d'*Olérys* et *Laugier*.

107 — **Plaque**, de forme rectangulaire, à coins découpés en demi-lune, cadre en relief surmonté de deux dauphins, vases et coquille. Décor polychrome. Tout le fond

est occupé par un sujet représentant les quatre vertus cardinales : *Prudence, Force, Tempérance, Justice ;* les trois vertus théologales : *la Foi, l'Espérance, la Charité, la Fontaine des grâces de Dieu et le Soleil de Justice.*

Long., 36 cent.

108 — **Assiette** à bord ondulé, décorée de guirlandes de fleurs sur le marli. Le fond est orné d'un cartouche rocaille encadrant un sujet en polychromie, représentant : *Narcisse se mirant dans l'eau.* La couleur jaune domine dans le décor.

(*Exposition de l'Art Provençal, N° 94.*)

109 — **Sucrier**, de forme ovale, avec couvercle et plateau, décor polychrome à médaillons sur le couvercle et le plateau. Le couvercle est surmonté d'un large bouton plat sur lequel est peint l'*Amour avec son arc et ses flèches* et orné de quatre médaillons renfermant les sujets mythologiques : 1° *Apollon ;* 2° *Diane ;* 3° *Cérès ;* 4° *Jupiter.* Le pourtour du sucrier est décoré dans le haut de guirlandes et de fleurs ; dans le bas, de bouquets. Le bord du plateau est légèrement déversé et décoré de riches guirlandes. Au fond, un beau médaillon, où l'on voit : *Diane vêtue d'une peau de lion, assise au pied d'un arbre qui supporte son arc et ses flèches ; une de ses suivantes lui attache ses sandales.* Monogrammes de *Laugier* et d'*Olérys.*

Cette pièce est d'une composition et d'une exécution parfaites.

Long., 23 cent.; haut., 16 cent.;

(*Vente Arnavon. — Exposition de l'Art Provençal, N° 64.*)

110 — **Tasse,** de forme campanulée, et sa soucoupe à bord ondulé. La tasse est décorée de fines guirlandes reliées entre elles par des coquilles ; sur la face dans un cartouche rocaille est représenté un sujet mythologique. La soucoupe, décorée de même, est ornée d'un médaillon à sujet mythologique. Monogrammes de *Laugier* et *Olérys*.

111 — **Tasse et sa soucoupe,** même description que le numéro précédent.

112 — **Tasse et sa soucoupe,** même description que les numéros précédents.

113 — **Tasse et sa soucoupe,** même description que les numéros précédents.

114 — **Tasse et sa soucoupe,** même description que les numéros précédents.

115 — **Tasse et sa soucoupe,** même description que les numéros précédents.

Ces six tasses avec le sucrier peuvent former un service complet.

Ensemble *très rare.*

(*Exposition de l'Art Provençal, Nos 65 à 70.*)

116 — **Écuelle à ailettes et son présentoir,** décor polychrome. Très belle pièce dont le couvercle dômé en doucine est orné de quatre médaillons entourés de guirlandes de fleurs, dans lesquels se trouvent représentés des sujets mythologiques. Le bouton plat est aussi garni par un petit médaillon. Sur les ailettes, des amours jouant de la musique sont entourés de rinceaux de fleurs et feuillages. Le pourtour de l'écuelle est garni de guirlandes fleuries. Le présentoir

est à bord contourné; au centre, un médaillon à sujet mythologique entouré de rinceaux de fleurs et feuillages. Le marli est couvert de guirlandes de fleurs. Monogrammes de *Laugier* et *Olérys*.

Écuelle : Diam., 23 cent. Présentoir : Diam., 28 cent.

117 — **Fontaine d'applique,** de forme Louis XIV, son cul-de-lampe et son bassin. Décor polychrome. Des mascarons en relief sur les côtés et au robinet. Un amour surmonte le couvercle. Ce dernier est orné d'un médaillon, l'*Amour avec son arc* et de guirlandes de fleurs. Sur le devant de la fontaine, dans un cartouche avec grotesques et oiseaux, est peint un sujet mythologique représentant *Hercule*. Le reste de la décoration consiste en guirlandes et bouquets de fleurs. Le bassin de même décoration possède au fond un grand médaillon rocaille contenant le sujet mythologique, représentant *Le Jugement de Pâris*. Monogrammes d'*Olérys* et *Laugier*.

Très bel ensemble.

Haut. de la fontaine, 64 cent.; larg., 26 cent.
Long. du bassin, 43 cent.

118 — **Moutardier** ou **Petit pot à lait,** forme baril avec déversoir. Décor polychrome. Le couvercle est relié au pot par une monture en étain et est orné d'une décoration d'oiseaux et d'un *singe jouant du violon*. Sur la panse, petits amours dans des poses diverses venant offrir des fleurs à une déesse. Monogrammes de *Baron et Olérys*.

119 — **Plateau rond** sur petit piédouche, décor polychrome. Le bord est décoré de fines guirlandes reliées entre elles par des coquilles qui aboutissent, à la partie supérieure, à une armoirie surmontée d'un

casque. Au fond, grand sujet mythologique : *Le Triomphe de Bacchus.* Dans une banderole, portée par des amours, se lit cette devise : *Bonnum vinum lœtitia cor hominis.* Ce médaillon est entouré d'un rinceau de fleurs et feuillages.

Très belle pièce.

(*Exposition de l'Art Provençal, N° 88.*)

120 — **Assiette** à bord contourné. Au centre, médaillon polychrome représentant un sujet mythologique. Guirlandes en camaïeu jaune sur le marli.

121 — **Assiette** à bord ondulé, décor polychrome, fine dentelle sur le marli. Décor style rouennais à la corne tronquée.

Pièce très rare.

122 — **Bénitier** avec Christ sur croix entouré d'un cadre Louis XIV, surmonté d'une coquille et décoré d'une guirlande de fleurs polychromes. Le récipient à godrons jaunes et bleus.

Haut., 45 cent.

123 — **Boîte à mouches**, de forme cylindrique, avec couvercle reperçé de trous et décoré en polychromie d'un blason surmonté d'une couronne.

124 — **Petite plaque rectangulaire**, décor polychrome; cadre en relief surmonté d'une coquille. Au centre, *personnage grotesque fumant la pipe.*

125 — **Service à café**, composé d'un sucrier et sa soucoupe, six tasses et leurs soucoupes et d'un grand plateau rond sur lequel sont toutes les pièces du service. Le sucrier repose sur une soucoupe de forme

hexagonale à bord contourné, autour de laquelle les soucoupes des tasses, en forme de trapèze, viennent s'adapter de manière à former un plateau. Décor très fin, manganèse rehaussé de vert avec scènes diverses inspirées de CALLOT. Le sucrier est signé d'*Olérys*; dans l'intérieur du couvercle et au milieu du décor, un personnage porte un drapeau sur lequel se trouve le monogramme d'*Olérys*. On remarque sur différentes pièces, diverses devises : *Vive le bon café! Vive le bon vin!*

Ce superbe service de l'apogée de la fabrication d'*Olérys* est considéré comme unique.

Diam. du plateau, 33 cent.

(*Vente Nodet, N° 33.*)

126 — **Plateau rond**, décor polychrome. Tout le fond est occupé par un médaillon représentant une scène mythologique, avec de nombreux personnages; sur le marli, des bouquets de fleurs de pommes de terre.

Diam., 30 cent.

127 — **Deux vases de pharmacie**, de forme cylindrique, sur piédouche. Décor polychrome de fleurs de pommes de terre. Au milieu, inscription dans un cartouche surmonté d'un mascaron.

Haut., 30 cent.

128 — **Porte-montre**, en forme de jardinière Louis XV, à rocaille et bombé. Le couvercle attenant, ordinairement repercé à jours, est décoré d'une chasse au cerf. Sur la panse, de chaque côté de l'ouverture laissée pour le cadran, sont des figures allégoriques : *Le Temps*, etc.

Pièce très rare.

(*Exposition de l'Art Provençal, N° 85.*)

129 — **Chauffe-mains**, en forme de livre. Décor polychrome. Les plats sont décorés d'un côté d'un médaillon avec deux cœurs enflammés et une devise : *Nos deux cœurs sont unis et brûlent pour vous* ; de l'autre, un médaillon avec portrait de femme tenant d'une main un bouquet et de l'autre un éventail, la coiffure surmontée d'un croissant. Tout autour des médaillons, encadrant les côtés du livre, de fins ornements de dentelle. Sur le dos, fleurs et titre : *Les Contre de l'Amour* (sic).

Pièce excessivement rare.

130 — **Assiette** à bord ondulé, décor polychrome. Au centre, attributs de jardinage, décor rocaille sur le marli.

Rare.

131 — **Drageoir** entièrement ajouré, de forme ronde, avec couvercle. Au pourtour, des parties pleines réservées forment médaillons décorés de paysages, avec personnages entourés d'ornements verts et carminés. Le couvercle à une anse formée par des branches de cerisier avec fruits. Sur la partie pleine, paysage, personnages et fleurs. *Fabrique de Ferrat.*

132 — **Assiette** à bord ondulé, peigné de carmin, décor polychrome. Tout le fond est occupé par un paysage avec personnages. *Fabrique de Ferrat.*

Rare.

133 — **Boîte à thé**, de forme rectangulaire, à pans coupés, décor camaïeu bleu de guirlandes de fleurs. Sur les deux faces, armoiries.

ANCIENNES
FAIENCES FRANÇAISES
DIVERSES

134 — **Apt.** Corbeille ovale en terre brune vernissée tressée à jours, bordée de rosettes; enguirlandée de branches de cerisier avec fleurs et fruits décorés au naturel.

Haut., 15 cent ; larg., 35 cent.

(*Exposition de l'Art Provençal, N° 431.*)

135 — **Apt.** Groupe en terre jaune et marbrée, représentant une pastorale. A la base d'un rocher, un jeune montreur de lanterne magique est en conversation galante avec une élégante bergère.

Haut., 20 cent.

(*Exposition de l'Art Provençal, N° 426.*)

136 — **Avignon.** Boîte à poudre, de forme ronde, avec son couvercle bombé, décor polychrome de bouquets de fleurs. A l'intérieur, signée : *Carbonel.*

137 — **Bernard-Palissy.** Petite coupe ajourée, décor polychrome d'ornements, feuillages et têtes de chérubins en relief.

138 — **Bordeaux.** Assiette à bord filet jaune, décor polychrome. Au centre, grand papillon aux ailes déployées. Sur le marli, quatre médaillons ovales avec paysages, séparés par des quadrillés rouges et bleus.

Rare.

139 — **Goult.** Assiette à bord festonné, décor polychrome rehaussé d'or. Paysage et personnage occupant tout le fond ; fleurs sur le marli.

140 — **Goult.** Plat rond à bord ondulé, décor polychrome. Au centre, motif avec deux personnages chinois ; sur le marli et la chute, trois branchages de fleurs et feuillages.

141 — **Goult.** Assiette, décorée en camaïeu jaune. Le milieu est orné par un médaillon à bordure de fines rocailles ; il représente sur la terrasse d'un château une scène du roman de *Don Quichotte*. Sur le marli court un madrigal : *Le Berger Pàris couronna jadis une pucelle et la pomme qu'il lui donna était pour la plus belle. Un dieu, princesse, dans ce jour, vous rend le même hommage et vous recevrez de l'amour cette pomme pour gage*. Sur l'air de Joconde.

Rare.

Diam., 23 cent.

142 — **Goult.** Assiette à devise, décor camaïeu jaune. Au centre, dans un médaillon, *Mercure jouant de la flûte devant Argus*. Sur le marli, cette inscription bachique : *La flûte dont Mercure se servit autrefois pour endormir Argus fut, par le conseil de Bacchus, un verre de bonne mesure. Argus, heureux berger, à que ton sort fut doux si profitant de l'aventure pour fermer les cent yeux tu bus autant de coups, tu bus, tu bus autant de coups.*

Rare.

Diam., 23 cent.

143 — **Nevers.** Assiette à bord contourné, décor polychrome, entièrement garnie par un sujet à cinq personnages, représentant la partie de balle. A la partie supérieure, dans un médaillon, l'inscription : *Caré 1757*.

Très rare.

144 — **Nevers**. Bouteille à long col, décor de branchages de fleurs et feuillages, oiseaux et insectes en blanc fixe, jaune et vert sur fond gros bleu de Perse.

Très rare.

Haut., 25 cent.

145 — **Niederwiller**. Grande figurine de jardinier sur terrasse rocaille. Décor polychrome. Sur la terrasse, ustensiles en relief.

Belle qualité.

Haut., 22 cent.

146 — **Niederwiller**. Deux caisses de forme carrée, à pans coupés, décor polychrome avec rehauts verts sur les angles. Sur chaque face, un médaillon contenant un fin paysage en camaïeu rose.

Haut., 12 cent.; larg., 12 cent.

147 — **Niederwiller**. Figurine de jardinier, avec gilet carminé et culotte à raies vertes, tenant une pelle à la main. Décor polychrome.

148 — **Niederwiller**. Groupe polychrome rehaussé de dorures, composé d'uue fillette et d'un garçon ; ce dernier tient une grappe de raisin que la fillette veut lui enlever ; à leurs pieds, une corbeille de fruits est renversée.

Pièce très finement modelée.

Haut., 17 cent.

149 — **Niederwiller**. Groupe composé d'un jeune seigneur en costume de chasseur, contant fleurette à une laitière assise sur un siège en rocailles. Décor polychrome rehaussé d'or.

Pièce très fine.

Haut., 20 cent.

150 — **Niederwiller**. Figurine de l'Automne, avec guirlandes de pampres et draperies à fleurettes, appuyée sur un tonneau. Décor polychrome.

151 — **Niederwiller**. Figurine de femme à coiffure Louis XVI, décolletée et tenant à la main une chanson. Décor polychrome.

152 — **Niederwiller**. Figurine d'enfant donnant à manger à un chien dans son chapeau, décor polychrome rehaussé d'or ; l'enfant a un habit blanc à filets bleus, un gilet et une culotte quadrillés de rouge.

153 — **Niederwiller**. Figurine de paysanne en costume Louis XVI, robe retroussée, portant un panier de raisins noirs et tenant une grappe à la main. Décor polychrome.

154 — **Niederwiller**. Figurine de musicien jouant de la cornemuse, avec veste et culotte rouge.

155 — **Niederwiller**. Figurine de paysan avec veste rouge et culotte bleue, portant une hotte contenant des légumes.

156 — **Niederwiller**. Figurine de paysan avec gilet rouge et culotte verte, portant une hache appuyée sur le bras.

157 — **Niederwiller**. Assiette à bord ondulé rouge et vert. Fleurettes légèrement en relief sur le marli ; oiseaux et papillons au centre.

158 — **Paris**. Paire de chandeliers, de forme carrée. émail granité gris bleu. Sur la base, dans un médaillon réservé en blanc, *les armoiries de la famille d'Orléans. Fabrique de Digne.*

Haut., 30 cent.

159 — **Rouen**. Grand plat rond, décor camaïeu bleu. Au fond, grande rosace dentelée et rayonnante. Sur le marli, grand lambrequin composé de pendentifs et ornements divers.

Diam., 55 cent.

160 — **Rouen**. Deux assiettes à bord contourné, décor polychrome. Au fond, personnages dans le goût de *Teniers*, dans un paysage. Sur le marli, oiseau, chien et papillon. *Fabrique de Lavavasseur.*

161 — **Rouen**. Assiette, décor polychrome. Sur le marli et la chute, lambrequin composé de guirlandes de fleurs, penditifs, fleurons et ornements de ferronnerie. Au fond, corbeille de fleurs et feuillages.

162 — **Rouen**. Buire, en forme de casque renversé, décor d'ornements Louis XIV en camaïeu bleu. Sous le déversoir, mascaron en relief.

Haut., 28 cent.

163 — **Rouen**. Bannette, de forme oblongue, à bord dentelé, décor polychrome dit *au carquois*. Sur le marli, ornements et quadrillés. Au centre, motif avec carquois, flèches, flambeau de l'hyménée, entouré de fleurs.

Long., 40 cent.

164 — **Rouen**. Vase, dit *pot pourri*, de forme ventrue, avec couvercle percé de trous, décor polychrome, dit *à la corne tronquée.*

165 — **Rouen**. Assiette, décor polychrome, dit *à la pagode.* Ornements sur le marli.

166 — **Saint-Amand**. Assiette à fond gris-bleu, rehaussé de pois dorés. Au centre et sur le marli, médaillons réservés sur fond vert d'eau contenant des fleurs, entourés de filets et d'ornements dorés. Monogramme *S. Beau et rare spécimen de cette fabrique.*

167 — **Sinceny**. Plat, de forme ovale, à bord festonné, décor polychrome. Au centre, oiseau sur branchages; insectes et trois médaillons à paysages sur le marli.

168 — **Sceaux**. Assiette à bord contourné, filet doré, peigné de bleu, décor polychrome. Au centre, oiseaux sur branchage.

169 — **Sceaux**. Jardinière, forme papeterie, à deux compartiments, décor polychrome avec paysages animés sur les trois côtés.

Larg., 20 cent.; haut., 16 cent.; profond., 16 cent.

170 — **Sceaux**. Assiette à bord ondulé carminé. Tout le fond est décoré par des oiseaux et des arbustes. Sur le marli, fleurs et papillons.

ANCIENNES

FAIENCES ÉTRANGÈRES

171 — **Alcora**. Petite plaquette ronde, dans un cadre en bois, représentant les *Trois Rois Mages*. Décor polychrome. En exergue, l'inscription : *Sov. de Don Gabriel de Bergue*.

172 — **Alcora**. Petite plaquette ronde, dans un cadre en bois, représentant l'*Ange Gabriel*. Décor polychrome. En exergue, l'inscription : *Gaspard Marzel*. Cette pièce avec la précédente se font pendants.

173 — **Alcora**. Plaque rectangulaire à pans coupés, décor polychrome, cadre en relief, surmonté d'un ornement contenant la signature. Tout le fond est occupé par un paysage au soleil levant, avec la déesse Cérès, à laquelle des amours apportent des gerbes de blé. Monogramme *M* : *P* : *C* :

Très jolie pièce.

174 — **Alcora**. Soupière, de forme ronde, et son plateau. Décor polychrome de lambrequins, vases de fleurs et guirlandes. Armoirie sur le couvercle et sur le plateau. Marquée *G. L.* sous le plateau et dans le couvercle.

Diam., 38 cent.

175 — **Alcora**. Plateau, de forme ronde. Au centre, médaillon polychrome, représentant une *Dame à sa toilette*. Sur le bord, fine dentelle d'ornements.

Diam., 33 cent.

176 — **Delft**. Assiette, décor polychrome. dit *au tonnerre*.

177 — **Delft.** Assiette, décor polychrome. Au centre, dans un médaillon, personnage de la *Comédie italienne,* avec inscription : *Trivelin.* Ornements sur le marli. Monogramme de *Reygens.*

178 — **Delft.** Perroquet perché dans un anneau décoré au naturel en polychromie.

Rare.

179 — **Delft.** Plat rond, décoré en bleu, rouge et or dans le goût japonais. Au fond, deux personnages chinois, corbeille de fleurs, oiseaux, insectes, arbustes, balustrade, pagode et lambrequins. *Fabrique d'Adrian Pynacker.* Marqué du monogramme *A. P. K.*

Belle pièce.

Diam., 34 cent.

180 — **Delft.** Assiette, décor bleu, rouge et jaune, ornements divers, fleurs et oiseaux.

181 — **Delft.** Beurrier, de forme octogonale, et son couvercle surmonté d'un petit chien. Sur le couvercle et au pourtour, paysages et personnages, décor polychrome bleu et rouge rehaussé d'or.

182 — **Delft.** Canard, formant boîte, décoré au naturel.

183 — **Delft** (?). Grande gourde, en forme de bouteille aplatie, avec six coulants et long col. Décor camaïeu bleu, relevé de manganèse ; sur les côtes, ornements avec imbrications, médaillons avec personnages et fleurs. Sur le bas, quatre petits médaillons avec rébus. Sur une face, grand médaillon représentant un paysage chinois avec pagode, personnages, animaux et palmiers. Sur l'autre face, grand paysage maritime oriental surmonté d'une banderole où on lit ces mots : *Patience 1686;* ce médaillon est entouré par l'inscription suivante :

J'of monsieur Coulom der Binng ***Montpellier*** *(C. Bal). Inf Jack ons Here 1686 don 29 Augustus.*

Pièce très rare et très curieuse.

Haut., 38 cent.

184 — **Hispano-Mauresque**. Grand plat rond à godrons en relief, bordure bleue. Au centre, ombilic saillant portant une armoirie. Décor à reflets métalliques jaune et bleu composé d'ornements divers.

Diam., 48 cent.

185 — **Nurenberg.** Pot à bière, de forme cylindrique, décor polychrome de fleurs ; sur la face, grand médaillon camaïeu manganèse représentant *Jésus chez Marie-Magdeleine*. Au-dessus du médaillon, monogramme *M. A.* dans un écusson à rinceaux. Signé : *Georg Kordenbusch*. Couvercle et base en étain.

186 — **Nurenberg**. Pot à bière, décor camaïeu bleu. Sur la face, médaillon représentant *Suzanne et les Vieillards*. Couvercle et base en étain.

187 — **Perse**. Bouteille, de forme ronde, décor brun rehaussé de dorures. Col argent niellé d'or.

188 — **Rhodes**. Petit plat creux, décor polychrome. Au centre, grand personnage et fleurs.

189 — **Rhodes**. Petit plat, décor polychrome ; ornements sur le marli. Dans le fond, sept réserves à ornements rouge, jaune et vert formant médaillon.

190 — **Rhodes**. Plat, décor polychrome de fleurs ; palmes et œillets au fond.

191 — **Rhodes.** Plat, décor polychrome de fleurs, réserve marron sur le marli. Palmes et œillets au centre.

192 — **Urbino**. Petit plat creux, décor polychrome. Sujet avec nombreux personnages représentant *Enée racontant ses aventures à la reine Didon*. Au revers, inscription : *Henca parlavo con la regina Dido 1551*.

193 — **Wedgwood**. Deux corbeilles ajourées, émail blanc, anses tressées, ornements en relief; couvercle bombé surmonté d'une fleur. Marque *Wedgwood*.

Diam., 28 cent.; haut., 23 cent.

ANCIENNES
PORCELAINES DE MARSEILLE

194 — **Paire de grands vases**, de forme ventrue, à piédouche rond. Sur les côtés, deux anses formées de branches de chêne avec feuilles et glands en relief supportent deux couronnes de fleurs en relief, décorées au naturel et attachées par des rubans. Les couvercles, en forme de dôme ajouré, sont surmontés de fleurs en relief. L'émail du vase imite un marbre veiné de gris ; sur la panse, un médaillon à pans coupés, suspendu par un nœud de rubans, représente une scène d'après l'antique à quatre personnages, en camaïeu rose.

Superbes pièces de la plus grande rareté.

Haut., 49 cent.; diam., 30 cent.

195 — **Assiette** à bord ondulé, décor polychrome. Tout le fond occupé par un paysage avec amours se livrant à des jeux champêtres. Sur le marli, guirlandes de fleurs et nœuds de rubans carminés.

196 — **Compotier** à bord contourné, filet doré et garni d'une large dentelle dorée. Le fond est couvert d'un médaillon polychrome, avec encadrement doré dit grecque renfermant un paysage maritime avec château fort, seigneur et dame.

Pièce très rare.

197 — **Compotier** à bord contourné, filet doré et garni d'une large dentelle dorée. Un médaillon polychrome avec encadrement doré, dit grecque, occupe le fond et représente un paysage avec ruines et personnages.

Pièce très rare.

198 — **Tasse**, de forme droite et sa soucoupe, fin décor de dentelles et de petits bouquets dorés. Monogramme de *Robert R.*

199 — **Tasse**, de forme droite et sa soucoupe, bord doré. Une bande dorée, entrelacée d'un ruban carminé, avec chutes de fleurs, décore la tasse et la soucoupe.

200 — **Tasse**, de forme conique, avec anse très fine et sa soucoupe, bords carminés. Décor polychrome de bouquets de roses dans un médaillon fileté de vert et de noir, épis de blé, petites fleurs sur les côtés de la tasse et sur la soucoupe. Monogramme *de Robert R.*

201 — **Petite tasse**, de forme droite, et sa soucoupe, bord doré, décor polychrome de bouquets de fleurs. Monogramme *de Robert R.*

202 — **Petite tasse**, de forme évasée et sa soucoupe, bord doré. Une bande dorée enlacée d'un ruban carminé enguirlandé de fleurs décore le haut de la tasse. La soucoupe a la même décoration. Sur la tasse, monogramme de *Robert R;* sur la soucoupe, un *L.*

203 — **Pot à lait** à anse et à bec et son couvercle, décor Louis XV de dorures et guirlandes de fleurs s'enchevêtrant. Monogramme de *Robert R.*

204 — **Écuelle** à anses et son présentoir à bord doré. décor polychrome de bouquets de fleurs. Monogramme de *Robert R.*

Très jolie pièce.

205 — **Pot à lait** à anse et à bec, décor polychrome rehaussé de belles dorures. Sur le couvercle, surmonté d'une pomme de pin, petit paysage avec animaux ; sur la panse, paysage maritime avec personnages genre WATTEAU. Monogramme de *Robert R.*

206 — **Théière**, de forme droite, à anse et à bec détaché avec rehauts de dorures. Sur le couvercle, surmonté d'une pomme de pin, petit paysage avec animaux. Sur la théière, paysages animés. Monogramme de *Robert R.*

207 — **Théière** à anse et à bec détaché, fines guirlandes dorées, encadrant sur les deux faces des médaillons polychromés, dont l'un représente un paysage maritime et l'autre un paysage, avec personnage. Sur le couvercle, deux petits médaillons, fruit en relief formant le bouton. Monogramme de *Robert R.*

208 — **Boîte à hosties** à double couvercle, de forme carrée, avec ornements dorés; sur le couvercle supérieur, flamme dorée; sur les quatre faces, médaillons en grisaille entourés de filets et rubans dorés, représentant : *la Piété*, *la Religion*, des armoiries et un buste sur socle cannelé. Monogramme de *Robert R.*

Pièce fort rare.

Haut., 24 cent.

209 — **Ecuelle** à anses et son présentoir. Le couvercle en forme de dôme est surmonté d'une branche avec fruits et feuilles. Les anses sont formées par des branchages. La décoration polychrome consiste en de délicates guirlandes de fleurs, de rubans enlacés, relevés d'ornements de fine dorure. Monogramme de *Robert*, sur l'écuelle L., sur le présentoir ꟻR.

210 — **Grande tasse conique** et présentoir. La tasse a un couvercle dômé, surmonté d'une fleur en relief décorée au naturel. La décoration consiste en ornements, dentelles et guirlandes dorés. Sur la tasse et sur le plateau, deux médaillons grisaille représentent des amours très finement peints.

ANCIENNES PORCELAINES
ÉTRANGÈRES

211 — **Alcora**. Ciboire sur pied avec couvercle. Porcelaine tendre, décor polychrome de bouquets de fleurs, grappes de raisin, épis de blé et filets carminés. Marque : *A*.

Haut., 25 cent.

212 — **Espagne**. Plateau carré à bord contourné ; au fond, paysage animé de personnages couleur sépia entouré d'un rinceau or. Sur le marli, ornements divers en polychrome.

31 cent. sur 31 cent.

213 — **Frankenthal**. Grand plat rond à bord contourné et doré. Le marli à vannerie. Au fond, grand paysage camaïeu vert. Sur le marli, bouquets de fleurs en polychrome. *Marque de Hannong*.

Diam., 44 cent.

214 — **Sous ce numéro,** objets omis au catalogue.

Collection MARIUS BERNARD

De Marseille

FAIENCES ET PORCELAINES

Anciennes

FRANÇAISES ET ÉTRANGÈRES

Carte d'Entrée à l'Exposition Particulière

HOTEL DROUOT, SALLE N° 1

Le Samedi 7 Décembre 1912, de 2 heures à 6 heures

COMMISSAIRE-PRISEUR :

Mᵉ ROBERT BIGNON

41, Rue de la Victoire

EXPERT :

M. CAILLOT

52, Rue de la Victoire

www.ingramcontent.com/pod-product-compliance
Ingram Content Group UK Ltd.
Pitfield, Milton Keynes, MK11 3LW, UK
UKHW021653260726
13994UKWH00003B/1445